Au nom d'Allâh,
le Tout-Miséricordieux,
le Très-Miséricordieux.

« Nous te racontons le meilleur récit, grâce à la révélation que nous te faisons dans ce Coran même si tu étais auparavant du nombre des inattentifs (à ces récits) ».

Coran, Joseph : 3

Du même auteur

Livres en langue arabe :

– Voyage dans l'au-delà.

– Voyage avec l'âme dans l'au-delà.

– Les petits et les grands signes de l'Heure.

– La justice du jour de la résurrection.

– L'ombrage de la miséricorde le jour de la grande terreur.

– Au sein du miséricordieux le jour du rendez-vous.

– L'histoire des gens de la caverne pour enfants (le monde des secrets), éditeur : al-Mukhtâr al-islâmî.

Des livres en langue anglaise :

– Le voyage de l'âme après la mort.

– Le jour de la résurrection, éditeur : Dâr at-Taqwa, Londres.

Des cassettes :

– Les récits du Coran, Édition : al-Katiba.

– Le monde des secrets : le voyage des secrets (Moïse et le bon serviteur).

– Dhû-l-Qarnayn : -Yaâjouj et Maâjouj, Production : société Norhan pour la production artistique.

– Ouzayr et l'âne, Production : société ach-Churûq pour l'audiovisuel.

Joseph le véridique
[Salutation de Dieu sur lui]

Éditions ESSALAM
131, Boulevard de Ménilmontant – 75011 Paris (France)
Téléphone : + 33 (0)1 43 38 04 40/50
Télécopie : + 33 (0)1 43 57 44 31
Site : http ://www. essalam. com
Courriel : edition@essalam. com

Distribution ESSALAM
131, Boulevard de Ménilmontant – 75011 Paris
Téléphone : + 33 (0)1 43 38 19 56
Télécopie : + 33 (0)1 43 57 44 31
Site : http ://www. essalam. com
Courriel : distribution@essalam. com

Librairie ESSALAM
135, Boulevard de Ménilmontant – 75011 Paris
Téléphone : 01 43 38 44 83
M° : Ménilmontant
Ouverture : Tous les jours, de 10 h 00 à 19 h 30

Première édition 2004

ISBN 2-910941-85-X

Laylâ Mabrûk

Joseph le véridique

Récits coraniques :
Les prophètes de la voie droite

ESSALAM

Remerciements

Je présente mes vifs remerciements à toutes les personnes qui ont participé à l'édition de cet ouvrage qui contient les meilleurs récits, et plus particulièrement le professeur Muhammad Ibrâhîm Salîm qui est comme un père pour moi ; il a pris le soin de s'occuper de la révision linguistique de ce livre.

J'implore Allâh pour qu'Il le bénisse et lui donne la force du dévouement perpétuel. Que Dieu le récompense.

Laylâ Mabrûk.

Avant-propos :

Sur les récits coraniques et la définition du jeûne

Le jeûne (carême) consiste à supporter la privation. Or, se priver de manger est l'une des plus simples preuves de patience et de foi, et le jeûne du Ramadân est un entraînement pour faire face aux difficultés. C'est une miséricorde d'Allâh pour Ses serviteurs. Les récits coraniques donnent le meilleur exemple ; ils contiennent une leçon pour les gens doués d'intelligence.

Ne dis pas que j'ai jeûné et je suis fatigué ; lis plutôt les récits du Coran, peut être te retrouveras-tu à travers l'un des personnages ! Ensuite demande-toi : « Qui suis-je ? Quel est mon rôle dans ce récit ? Peux-tu vraiment faire preuve d'endurance et supporter le jeûne ?

Cher lecteur, rejoins-nous dans la recherche de

soi à travers les récits coraniques.

Layla Mabrûk.

Le récit selon le Coran

Le récit de Joseph selon le Coran se retrouve entièrement dans la sourate dite Joseph (Yûsuf) des versets 3 à 102.

> **« Il y avait certainement, en Joseph et ses frères, des exhortations pour ceux qui interrogent »**. (7)

La vision :

Joseph – que le salut soit sur lui – fut le premier prophète des enfants d'Israël. Or, ce dernier (Israël) est le prophète Jacob, fils du prophète Isaac, fils du prophète Abraham – que le salut soit sur eux – une famille vertueuse de nobles prophètes d'Allâh.

Joseph avait dix demi-frères et un frère germain qui s'appelait Benjamin, ses demi-frères étaient tous jeunes, alors que lui et Benjamin étaient encore des enfants.

Jacob adorait Joseph et Benjamin et les préférait aux autres frères, alors ces derniers les enviaient.

L'histoire de Joseph – que le salut soit sur lui – commença par une vision et s'acheva par la réalisation de cette dernière, elle était étonnante et étrange.

> **« Quand Joseph dit a son père : “Mon père, j'ai vu (en songe) onze étoiles, et aussi le soleil et la lune, je les ai vus prosternés devant moi ».** (4)

Le père pressentit pour Joseph un avenir grandiose, il eut peur que ses frères ne l'envient et ne montent un complot contre lui.

> **« Mon fils, dit-il, ne raconte pas ta vision à tes frères car ils monteraient un complot contre toi, le diable est certainement pour l'homme un ennemi déclaré ».** (5)

C'est un heureux présage, une bonne nouvelle, Allâh va te choisir, Joseph ! Il te donnera les secrets du savoir et de la sagesse et t'apprendra l'interprétation des rêves. Allâh – gloire à Lui- te choisira comme prophète pour assumer la grande responsabilité.

« Ainsi ton Seigneur te choisira et t'enseignera l'interprétation des rêves, et il parfera Son bienfait sur toi et sur la famille de Jacob, tout comme Il l'a parfait auparavant sur tes deux ancêtres, Abraham et Isaac, car ton Seigneur est Omniscient et Sage ». (6)

Joseph obéit à son père et ne raconta pas son rêve à ses frères ; mais le diable l'entendit et se mit très en colère ; la haine de Joseph et de ce qu'il deviendra le rongea, et comme il ne peut atteindre aucun prophète directement, alors il commença à distiller la haine dans le cœur de ses frères. Et c'était la conspiration... La conspiration des fils d'Israël contre leur frère Joseph ; ils commencèrent alors à comploter et à conspirer.

« Il y avait, en Joseph et ses frères des exhortations pour ceux qui interrogent. (7) Quand ceux-ci dirent : Joseph et son frère sont plus aimés de notre père que nous, alors que nous sommes un groupe bien fort, notre père est vraiment dans un tort évident ». (8)

L'homme s'est égaré, il commet une très grave erreur, comment peut-il préférer deux petits enfants sans défense, alors que nous sommes un groupe d'hommes très forts, capables de le protéger et d'assumer ses responsabilités !

Le diable a beaucoup ri, l'espoir lui revint, il dit : je vous ai eu, c'est à travers vous que j'assouvirai mes désirs (ha, ha, ha) et il se mit à accomplir son abominable mission à la perfection ! Il amplifia la haine dans les cœurs des frères, banalisa le crime, et l'embellit.

Alors la jalousie commença à apparaître, les enfants d'Israël se mirent à réfléchir et à comploter... Et si Joseph serait tué ? Ou jeté dans une terre lointaine et déserte où il n'y aurait ni eau ni nourriture, alors il mourrait loin de tous. Notre père ne le reverrait jamais et son amour ne serait exclusivement que pour nous, c'est très simple, nous nous débarrasserons de Joseph, ensuite nous nous repentirons et deviendrons par la suite des gens de bien.

Ainsi fut conçue l'idée diabolique, ils se concertèrent ouvertement entre eux et dirent :

> **« Tuez Joseph ou bien éloignez-le dans n'importe quel pays, afin que le visage de votre père se tourne exclusivement vers vous, et que vous soyez après cela des gens de bien ».** (9)

La volonté du diable et celle des frères s'unirent, mais la volonté d'Allâh eut le dessus, et réserva à Joseph un autre destin, il fallait qu'il reste en vie et qu'il continue son chemin.

Allâh donna une autre vision à l'un des frères :

> **« L'un d'eux dit : "Ne tuez pas Joseph, mais jetez-le si vous êtes disposés à agir, au fond du puits afin que quelque caravane le recueille ». (10)**

Ils se mirent d'accord pour le jeter dans le puits afin que quelques passagers le prennent et l'éloignent, ainsi ils s'en débarrasseront sans commettre un meurtre.

Ils allèrent trouver leur père, prétendant l'affection et l'amour, en toute sérénité et ils dirent : La situation de Joseph ne nous plaît guère, c'est un petit enfant qui ne vit pas comme ses semblables, tu te fais trop de soucis pour lui sans aucune raison, c'est insensé qu'un aussi beau et innocent garçon demeure cloîtré entre les murs de la maison, il a besoin de soleil, d'air frais, de jouer et de se détendre, confie-le à nous, père ! Nous sommes ses frères et nous l'aimons, nous le protégerons et veillerons sur lui.

> **« Envoie-le demain, avec nous, faire une promenade et jouer, et nous veillerons sur lui ». (12)**

Le père dit : Vous savez très bien que j'adore Joseph et je ne supporte pas sa séparation.

> **« Certes, je m'attristerai que vous l'emmeniez ».** (13)

Et je crains que le loup ne le dévore dans un moment où vous ne ferez pas attention à lui.

Ils dirent : Voyons père ! Tu doutes en la force de tes enfants ! Si le loup le dévore en notre présence, nous serons couverts de honte toute notre vie. Un loup ne peut pas prendre un enfant entre des hommes forts comme nous ! Éloigne cette peur de ton cœur, père ! Et rassure-toi que notre cher Joseph est en sécurité avec nous.

Le père accepta. Le lendemain matin, les enfants de Jacob sortirent avec Joseph et l'emmenèrent très loin dans le désert, puis arrivèrent au puits qui se trouvait près du chemin des caravanes et des passagers.

Les frères entourèrent Joseph, se jetèrent sur lui comme des bêtes féroces, lui enlevèrent sa tunique, l'enfant fut terrifié, commença à crier et à se débattre, ils le prirent et le jetèrent au fond du puits.

Le pauvre se retrouva seul, dans les profondeurs ténébreuses et terrifiantes du puits. Quelle cruauté ! Ses frères sont si cruels ! Mais la miséricorde d'Allâh lui parvint et le rassura qu'il sera délivré et restera en vie ; un jour il affrontera ses frères sans qu'ils s'en aperçoivent, et ne reconnaîtront pas sa vraie identité.

Il en était convaincu, il se calma, la paix dans l'âme. Le jour s'acheva, arriva la nuit, les enfants d'Israël rentrèrent à la maison, apportèrent la tunique de Joseph tachée d'un sang étranger, ils oublièrent de la déchirer.

> **« Et ils vinrent à leur père, le soir, en pleurant ».** **(16)**

Le père s'étonna et dit : Que vous est-il arrivé, pourquoi vous pleurez ?

Ils dirent en sanglots : Nos cœurs se déchirent de tristesse et de regret.

Le père répondit : Parlez... que vous est-il arrivé ? Et où est Joseph ?

> **« Ils dirent : "Notre père, nous sommes allés faire une course, et nous avons laissé Joseph auprès de nos effets, et le loup l'a dévoré ».** **(17)**

Le père s'affola, leur jeta un regard plein de doute ; c'est un complot, la veille, il leur a dit « je crains que le loup ne le dévore » et ils viennent aujourd'hui lui dire que l'animal évoqué la veille était au rendez-vous.

Ils se rendaient compte que leur stratagème était aberrant, mais ils continuaient à pleurer en disant : Crois-nous père, nous ne disons que la vérité même si nous savons que tu ne nous aimes pas, et que tu ne nous crois pas.

Ils voulaient lui donner la preuve de leur innocence, mais ils lui présentaient celle de leur culpabilité en lui remettant la tunique de Joseph et dirent : « Regarde père ! » Le maudit loup a fait couler le sang de notre cher Joseph et nous avons la preuve.

Le père prit la tunique, l'examina et dit avec ironie : « Ne culpabilisez pas le loup, c'est un loup bienveillant, il a dévoré mon fils sans déchirer sa tunique et sans même la griffer ».

Il se tut, puis se mit à réfléchir ; cet être intelligent qui découvrit la réalité avec les sentiments d'un père et la lumière d'un prophète : L'âme est très incitante au mal, elle leur a embelli la ruse, la méchanceté et la tromperie, les hommes mentent et définissent le mensonge tel qu'ils le veulent.

Jacob comprit qu'ils insistaient pour éloigner Joseph et ne jamais le rendre ; le noble prophète comprit qu'il n'était pas nécessaire de les affronter, il se détourna donc d'eux et ne les affronta qu'avec une seule phrase :

> **« Il dit vos âmes, plutôt, vous ont suggéré quelque chose il ne reste plus donc qu'une belle patience ! C'est Allâh qu'il faut appeler au secours contre ce que vous racontez ». (18)**

Le père sentit que son enfant est toujours en vie, et qu'il le retrouvera un jour, il garda le silence, et demanda aide auprès d'Allâh.

Jacob vivra désormais dans le chagrin et les larmes, dans l'espoir, le souhait, la prière et l'humilité.

Or, une caravane passa près du puits et envoyèrent leur chercheur d'eau qui fit descendre son sceau, Joseph s'en accrocha et en sortant le sceau, l'homme vit un beau garçon au visage lumineux, il sauta de joie et ne crut pas ses yeux, il dit :

> **« Bonne nouvelle ! Voilà un garçon ! Et ils le dissimulèrent telle une marchandise ». (19)**

Ils le dissimulèrent, et le cachèrent pour le vendre à vil prix, ils ne connaissaient pas la vraie valeur de Joseph, et ignoraient surtout que rien ne se cache à Allâh... et qu'Il sait bien ce qu'ils faisaient.

C'est ainsi que l'enfant choyé enlevé à son père et privé de son amour, de son affection et de sa protection, est devenu une marchandise, un esclave vendu dans les marchés. La caravane quitta le désert de Canaan pour rejoindre l'Égypte.

> **« Et ils le vendirent à vil prix, pour quelques dirhams comptés, ils le considéraient comme indésirable ». (20)**
>
> **« Et quand il eut atteint sa maturité nous lui accordâmes sagesse et savoir, c'est ainsi que nous récompensons les bienfaisants ». (22)**

Joseph au palais d'al-'Azîz

Joseph arriva en Égypte, vendu comme esclave, al-'Azîz l'acheta, le grand vizir d'Égypte, l'homme aima Joseph, lui accorda une généreuse hospitalité et lui réserva une place importante dans le palais et dit à sa femme :

> **« Accorde-lui une généreuse hospitalité, il se peut qu'il nous soit utile ou que nous l'adoptions ».** (21)

Au fil des jours, l'homme s'assura des bonnes mœurs de Joseph, de sa droiture et de son honnêteté, il mit toute sa confiance en lui, le laissa s'occuper de tout dans le palais ainsi que des serviteurs, c'est Joseph qui donnait les ordres après son maître et sa maîtresse.

C'est ainsi que Joseph fut élevé au palais de l'un des plus grands gouverneurs d'Égypte… Allâh le consolida dans le cœur d'al-'Azîz et renforça sa position au palais, affermit son cœur, et cela fut un signe qu'il allait devenir le maître dans le pays.

Joseph subit une multitude d'épreuves et de difficultés, qui, à cette époque, étaient assimilées à une grande tragédie, et lorsque l'histoire s'acheva, oubliée par le temps, la raison humaine y repensa de nouveau, et observa la réalité, à savoir que toutes ces épreuves ne furent qu'éducation et expérience, une préparation pour assumer la grande responsabilité, ce fut une grande sagesse, un pas dans la voie tracée par Allâh le Connaisseur de toute chose, le Tout-Puissant pour Joseph le bienfaisant, le véridique.

Les enfants d'Israël lui réservèrent une chose, et c'est l'ordre d'Allâh qui s'exécuta.

Joseph continua son chemin. Une fois devenu grand, et ayant atteint sa maturité, Allâh lui accorda sagesse et savoir et lui apprit l'interprétation des rêves.

Joseph vécut dans la maison d'al-'Azîz depuis son enfance jusqu'à sa jeunesse, qui est une période difficile, il vécut avec la femme d'al-'Azîz sous le même toit, elle était belle et élégante, elle tomba follement amoureuse de Joseph et commença à l'attirer vers elle en le séduisant, Joseph ignora son amour, le refusa, elle devint alors furieuse et perdit toute sa pudeur, tandis que Joseph préféra la foi.

La pauvre femme crut qu'elle aimait une personne ordinaire, et ne savait pas qu'il était un prophète... ce fut le malheur !

> **« Or celle qui l'avait reçu dans sa maison essaya de le séduire, et elle ferma bien les portes et dit : "Viens, je suis prête pour toi ».** (23)

La femme s'affola ! Ferma les portes et courut après le jeune homme ! Mais il la repoussa, demanda la protection d'Allâh et dit : Ton mari est mon maître, il m'a honoré et m'a accueilli chez lui, je ne pourrai jamais le trahir ou lui faire du mal.

Elle persista à le harceler en faisant la sourde oreille.

> **« Et elle le désira. Et il l'aurait désirée n'eut été ce qu'il vit comme preuve évidente de son seigneur ».** (24)

La femme d'al-'Azîz l'aima et le désira, et lui – que le salut soit sur lui – avait failli suivre l'appel de l'âme, s'il n'avait pas vu la preuve de son Seigneur...

C'est un humain, et un jeune à la fleur de l'âge, malgré cela il ne la désira que par son âme, mais c'est un prophète, il est infaillible, il se priva pour l'obéissance et la satisfaction d'Allâh.

Allâh témoigna de son innocence quand Il dit :

> **« Ainsi (nous avons agi) pour écarter de lui le mal et la turpitude, il était un de nos serviteurs élus ».** (24)

Une fois qu'Allâh écarta de lui le mal et la turpitude, il se tourna et se précipita vers la porte, elle le poursuivit et l'empêcha de sortir, en s'accrochant à ses vêtements, le tira par sa tunique et la déchira par derrière.

> **« Ils trouvèrent le mari à la porte ».** (25)

C'est al-'Azîz ! ! !

Il fut stupéfait de ce qu'il vit, la femme se contrôla en feignant la pudeur, s'approcha de son mari avec audace et fermeté, et dit :

> **« Quelle serait la punition de quiconque a voulu faire du mal à ta famille, sinon la prison ou un châtiment douloureux ».** (25)

Elle se mit à pleurer en culpabilisant Joseph et en prétendant qu'il a voulu la séduire tandis qu'elle refusa et courut vers la porte cherchant protection auprès de son mari !

Quelle affreuse situation ! Quelle femme !

Joseph l'innocent s'affola ; il voulut se défendre devant l'homme qui l'éleva et l'honora, et dit avec timidité :

« C'est elle qui voulait me séduire et quand je me suis sauvé, elle s'accrocha à ma tunique et la déchira ».

Un parent de la femme témoigna juste et dit la vérité : « Si la tunique est déchirée par devant, alors c'est elle qui dit la vérité, tandis que lui est menteur, ce qui veut dire qu'il essaya de la tenir, elle le poussa et déchira sa tunique par avant.

Mais si sa tunique est déchirée par derrière, alors c'est elle qui ment tandis que lui est véridique, ce qui explique qu'il voulait se débarrasser d'elle, se tourna et courut vers la porte, mais elle tint la tunique par derrière et la déchira ».

C'est ainsi que la vérité se révéla, le parent témoigna de l'innocence de Joseph.

> **« Puis quand il vit la tunique déchirée par derrière, il dit : C'est bien de votre ruse de femme, vos ruses sont vraiment énormes ». (28)**

al-'Azîz témoigna de l'innocence de Joseph et dit :

> **« Joseph ne pense plus à cela, et toi, implore**

le pardon pour ton péché car tu es fautive ». (29)

En toute simplicité, il dit à Joseph : « Oublie ce qui s'est passé, et n'en parle à personne, et toi femme, implore le pardon pour ton péché car tu es fautive... Et l'affaire est close ! »

L'homme crut que l'histoire fut terminée, il ne douta pas que les mûrs ont des oreilles ! Et les mûrs du palais écoutaient et parlaient.

La ruse des femmes

La nouvelle se répandit dans toute la ville, ce fut une nouvelle exaspérante, reçue par les femmes, qui trouvèrent là un sujet de discussion et de détente, elles commencèrent à chuchoter, donnant leur avis sur le sujet.

> **« Et dans la ville, des femmes dirent : "la femme d'al-'Azîz essaya de séduire son valet ! Il l'a vraiment rendu folle d'amour, nous la trouvons certes dans un égarement évident ».** (30)

La femme s'affola, s'égara complètement, oubliant qu'elle fut la femme d'al-'Azîz, en tombant amoureuse d'un adolescent, elle est vraiment folle.

La femme d'al-'Azîz entendit le bavardage des femmes et commença à réfléchir, ces femmes n'ont pas vu Joseph, ne connaissent pas sa valeur et surtout ne réalisent pas son charme, sa beauté et sa virilité ; alors elle décida de les affronter pour qu'elles excusent son amour envers Joseph.

Elle savait qu'elles étaient des femmes de princes et de vizirs, riches, élégantes et belles, donc elle décida de les inviter à une fête au palais, et elle leur réserva un endroit confortable et distingué.

Les femmes arrivèrent, prirent place tranquillement, la femme d'al-'Azîz les accueillit très bien et leur servit à manger

> **« Et elle remit à chacune d'elles un couteau ».** (31)

En ce moment même, elle ordonna à Joseph d'apparaître, ce fut le moment idéal, une grande ruse, elles furent toutes surprises de le voir.

> **« Lorsqu'elles le virent, elles l'admirèrent ».** (31)

Elles furent stupéfaites par sa beauté et son charme, ébahies par sa prestance et son calme, elles sentirent en lui la vénération et la majesté.

Subitement, le silence régna ! Les yeux se figèrent, les esprits divaguèrent et les cœurs battirent. Elles dirent : Impossible qu'il soit un être humain, c'est un ange noble !

Et elles continuèrent à se couper les mains sans s'en rendre compte,

« Elles se coupèrent les mains ». (31)

Sans rien sentir, elles exprimèrent leurs sentiments en balbutiant :

« Et dirent : "À Allâh ne plaise ! Ce n'est pas un être humain ce n'est qu'un ange noble ! ». (31)

La beauté de Joseph ne fut pas simple et inexpressive, mais une beauté pleine de prestance et de virilité, il était instruit et cultivé, tout cela renforçait sa personnalité, en outre son éloquence captivait les esprits. Il était aussi tendre, affectueux, attirant par sa démarche, avec les traits de son visage, et l'intonation de sa voix, il ensorcelait ces femmes qui le désiraient comme mari et maître.

La ruse fut bien réussie, la femme d'al-'Azîz eut le dessus sur les autres femmes, elle se vantait avec audace et jactance et dit : « Voici Joseph ! Celui dont vous me blâmiez, et vous, en un seul regard vous avez toutes perdu la tête et coupé vos mains, je reconnais que j'avais essayé de le séduire mais il s'en défendit fermement, vu ses bonnes mœurs et sa pudeur, cependant je le préviens, il m'a désobéi une fois, et je ne lui tolérerai pas ça une seconde fois ».

> **« Or, s'il ne fait pas ce que je lui commande, il sera très certainement emprisonné et sera certes parmi les humiliés ». (32)**

Tu entends Joseph ! Tu vas accepter l'humiliation et l'affront en prison malgré toi ; ceci est la punition de quiconque me désobéît.

Joseph écouta la menace.

Ce fut une proposition indécente de la part d'une belle femme d'un rang supérieur. Toutes les femmes présentes rallièrent cette proposition, elles s'agenouillèrent devant Joseph qui resta stupéfait et tourmenté devant ces charmantes femmes éprises de lui. C'est un être humain, il pourrait s'affaiblir à tout moment devant le charme et la tentation, il aurait pu répondre à leurs avances, alors il serait parmi les perdants.

Joseph eut peur de tomber dans le péché si Allâh ne le préserve avec Sa force et Sa puissance. Il se détourna d'elles sans se faire d'illusions pour sa beauté et sa chasteté, il se réfugia auprès de Dieu pour l'implorer, demander Sa protection et l'invoquer.

> **« Il dit : "Mon Seigneur ! La prison m'est préférable à ce quoi elles m'invitent, et si tu**

n'écartes pas de moi leur ruse, je penche vers elles et serai du nombre des ignorants ». (33)

❁ ❁ ❁

Les versets 33-34 indiquent que la provocation ne venait de la femme d'al-'Azîz seule mais de toutes les femmes présentes car c'est le féminin pluriel qui dominait.

« ... À ce à quoi elles m'invitent. Et si tu n'écartes pas de moi leur ruse, je pencherai vers elles ».

« Et éloigna de lui leur ruse ».

Ainsi que les versets 50-51.

Quelle était la raison qui poussa les femmes à se couper les mains ?

Mon seigneur connaît bien leur ruse, alors(le roi leur) dit :

– Qu'est ce donc qui vous a poussée à essayer de séduire Joseph ?

Elles dirent : « À Allâh ne plaise ! »

Joseph préféra la prison à la tentation des belles femmes riches et nobles.

« Son seigneur l'exauça donc, et éloigna de lui leur ruse, c'est lui vraiment, qui est l'Audient

et l'Omniscient ». (34)

Allâh le préserva du péché, le rendit plus fort et plus ferme, il fit que la ruse et les mauvaises intentions des femmes n'aient aucun effet sur Joseph. Désespérées, elles se dispersèrent et partirent éblouies ; folles d'amour, elles n'arrêtaient pas de penser à Joseph et elles parlèrent de lui, il devint un souhait irréalisable et son seul souvenir hantait les pensées.

La nouvelle se répandit dans toute la ville, dans les palais des gouverneurs, tout le monde parlait de la femme d'al-'Azîz qui voulut séduire son serviteur qui refusa son amour, et des femmes des vizirs qui coupèrent leurs mains par désir et amour pour ce même serviteur. La discussion à propos de Joseph ne s'arrêtait guère... Celui qui séduisit les belles et charmantes princesses.

La nouvelle arriva jusqu'aux autorités régnantes, elle les dérangea ! Ce fut la catastrophe !

Pourtant, toutes les preuves innocentaient Joseph et culpabilisaient la femme d'al-'Azîz et les autres femmes, mais l'image des palais devrait être préservée et l'autorité du gouvernement devrait être respectée !

Donc, il fallut inverser la situation ! Hélas la vérité se dissimula, les nobles se voyaient incapables de protéger leurs foyers et retenir leurs femmes ! plutôt que de leur apprendre le sens de la vertu, de la dignité et de la fidélité, ils s'en prirent à Joseph l'innocent, ils s'en prirent à l'homme qui préserva l'honneur de leurs femmes, ils voulaient un bouc-émissaire pour préserver leur réputation, alors ils décidèrent de l'emprisonner jusqu'à nouvel ordre, où les langues arrêteraient de se délier.

Joseph se fit arrêter et emprisonné.

> **« Puis, après qu'ils eurent vu les preuves de son innocence il leur sembla qu'ils devaient l'emprisonner pour temps ». (35)**

❁ ❁ ❁

> **« Toi, Joseph ! Le véridique éclaire nous au sujet de sept vaches grosses que mangent sept très maigres, et sept épis verts et autant d'autres, secs, afin que je retourne aux gens et qu'ils sachent l'interprétation exacte du rêve ». (46)**

❁ ❁ ❁

Joseph en prison

Joseph fut libéré du harcèlement de la femme d'al-'Azîz de l'agacement des femmes et leur bavardage, entra en prison.

> **« Deux valets entrèrent avec lui en prison ».** (36)

L'un d'eux était échanson du roi, il lui servait à boire du vin et l'autre était chef des boulangers.

En prison, Joseph se dévoua complètement à Allâh, il se conduisit très bien avec les autres prisonniers, était réputé pour sa droiture et sa sincérité et on l'appela le véridique ; Tout le monde lui faisait confiance et l'aimait.

L'amour engendra beaucoup de problèmes dans la vie de Joseph ; il fut aimé par son père, ses frères le jetèrent dans le puits, la femme d'al-'Azîz et les autres femmes l'aimèrent, il se trouva en prison ! Voyons donc ? ! Que lui réserve l'amour de ces compagnons de prison ?

Un jour, le serveur et le boulanger firent tous deux un rêve, ils se rapprochèrent de Joseph et sympathisèrent avec lui, puis lui racontèrent leurs rêves.

Le serveur dit :

> **« Je me voyais (en rêve) pressant du raisin ». (36)**

Je me voyais pressant du raisin jusqu'à ce qu'il devint du vin

Et le boulanger dit :

> **« Et moi, je me voyais portant sur ma tête du pain dont les oiseaux mangeaient ». (36)**

Interprète-nous ces rêves Joseph... Nous t'aimons et te faisons confiance, nous te voyons du nombre des bienfaisants.

Joseph a su que l'un d'eux aura un sort pénible, il voulut être tendre avec eux, il leur parlait avec finesse et avant de commencer l'interprétation, il dit : « Je vais vous interpréter les rêves, avant que la nourriture d'aujourd'hui ne soit servie, cela fait partie de ce que mon Seigneur m'a enseigné ».

Ce fut l'occasion pour les appeler à Dieu, il entretint – que le salut soit sur lui – la discussion avec intelligence en se rapprochant d'eux avec prudence et délicatesse, il ne les culpabilisa pas, il parla globalement d'un peuple qui donnait à Allâh des associés et ne croyait pas en l'au-delà, et des gens en général, il dit : Allâh me favorisa et m'apprit l'interprétation des rêves.

> **« J'ai abandonné la religion d'un peuple qui ne croit pas en Allâh et qui nie la vie future et j'ai suivi la religion de mes ancêtres, Abraham, Issac et Jacob ». (38)**

Il ne nous convient pas d'associer à Allâh quoi que ce soit.

> **« Ceci est une grâce d'Allâh sur nous et sur tout le monde ». (38)**

Mais la plupart des gens n'ont pas suivi la bonne direction, n'estiment pas la valeur de cette énorme grâce, la valeur de la foi en Dieu seul, mais la plupart ne sont pas reconnaissants.

Les deux jeunes hommes firent confiance à Joseph, et s'assurèrent qu'il pourra interpréter leurs rêves, se mirent à l'écouter avec attention.

Joseph leur témoigna de l'affection, essaya toujours de se rapprocher d'eux en voulant être leur ami pour pénétrer au fond de leurs cœurs et attirer leur attention, pour les convaincre que se vouer à un seul Dieu est mieux que d'adorer différents Dieux imaginaires idolâtrés par leur peuple leurs parents et eux-mêmes.

Il leur posa une question interpellant la nature innée et la raison, il dit :

> **« Mes deux compagnons de prison ! Qui est le meilleur, des seigneurs, éparpillés ou Allâh, l'unique, le Dominateur Suprême ? » (39)**

C'est ainsi que Joseph brisa tous les obstacles entre lui et les deux jeunes, il atteignit leurs cœurs, passa maintenant à la confrontation individuelle, et dit :

> **« Vous n'adorez en dehors de lui, que des noms que vous avez inventés, vous et vos ancêtres, et à l'appui desquels Allâh n'a fait descendre aucune preuve. Le pouvoir n'appartient qu'a Allâh. Il vous a commandé de n'adorer que lui. Telle est la religion droite, mais la plupart des gens ne savent pas ». (40)**

Ce ne fut pas ainsi la vocation de Joseph seulement, mais la vocation de tous les nobles prophètes d'Allâh, c'est l'appel à l'unicité de Dieu et à la croyance en l'au-delà, Joseph le déclara avant d'interpréter les rêves pour que son influence soit efficace et pour atténuer le choc du boulanger qui rêva qu'il allait se faire tuer.

Joseph voulut le sauver par la foi, pour ne pas regretter une vie éphémère et reprendre espoir en une vie éternelle grâce à la miséricorde d'Allâh l'unique. Joseph était tendre, sensible, il commença à interpréter et dit :

> **« Mes deux compagnons de prison ! L'un de vous donnera du vin à boire à son maître ».** (41)

Il sera libéré, reprendra son travail et donnera du vin à boire à son maître.

> **« Quant à l'autre, il sera crucifié, et les oiseaux mangeront de sa tête, l'affaire sur la quelle vous me consultez est déjà décidé ».** (41)

Joseph ne précisa pas lequel sortira de prison, et celui qui sera crucifié et les oiseaux mangeront de sa tête jusqu'à ce qu'il meure. Il ne voulait pas traumatiser le boulanger ou l'affronter directement avec une réalité pénible et douloureuse.

Joseph était un être humain... Il s'ennuyait en prison et espérait que quelqu'un le libère, il voulait informer le roi de son injuste emprisonnement espérant qu'il découvrirait la réalité, ainsi il reconnaîtra son innocence et le libérera.

Et à l'insu du boulanger, il dit au serveur en sachant qu'il sera délivré : « Lorsque tu retourneras au château parle de moi auprès de ton maître ».

Les rêves se réalisèrent : Le serveur sortit de prison et le boulanger fut crucifié.

Le serveur revint au château servir son maître et oublia Joseph, le diable fit qu'il oublie d'exposer le cas de Joseph à son maître.

> **« Joseph resta donc en prison quelques années ».** (42)

Joseph était un être humain et prophète, Allâh voulut lui apprendre à ne se référer qu'à Lui, Il le choisit et l'honora, Il ne voulut pas qu'un être humain le libère, Il lui prépara donc les moyens et la délivrance vint d'Allâh.

Le rêve du roi

Le roi fit un rêve bizarre et étrange ! Il se réveilla effrayé, il appela tous les devins et les notables, il rassembla les sorciers, et les savants leur raconta son rêve, il dit : Je voyais en rêve sept vaches grasses mangées par sept autres maigres, et sept épis verts, et autant d'autres secs.

> **« Ô Conseil des notables, donnez-moi une explication de ma vision si vous savez interpréter le rêve ».** (43)

Ils dirent :

> **« C'est un amas de rêves, et nous ne savons pas interpréter les rêves ».** (44)

Votre majesté : Comment se fait-il que des vaches maigres mangent des vaches grasses ? Et quel est le lien entre les sept épis verts avec d'autres secs ! Ce ne sont que des rêves confus !

Le roi dit : Non ! C'est un rêve qui cache un événement dangereux, mais le quel ? Et qui pourra me l'expliquer ?

Soudain ! Une voix retentit. C'était celle de l'échanson, tout le monde se tourna vers lui, il dit :

> **« Je vous en donnerai l'interprétation, envoyez-moi donc ».** (45)

Envoyez-moi en prison vous ramener la vraie interprétation du rêve.

Il évoqua Joseph qu'il avait oublié depuis quelques années, il leur raconta son pouvoir d'interpréter les rêves, il se rendit en prison et dit à Joseph :

> **« Toi, Joseph, le véridique ! Éclaire-nous au sujet de sept vaches grasses que mangent sept très maigres. Et sept épis verts et autant d'autres, secs, afin que je retourne aux gens et qu'ils sachent l'interprétation exacte du rêve ».** (46)

Joseph ne s'emporta pas contre le serveur, ne le blâma pas d'avoir oublié ce qu'il lui avait demandé, il n'attendit aucune récompense, et n'exigea pas de sortir de prison où il passa quelques années en patience.

Joseph n'hésitait pas à aider les gens, même s'ils étaient injustes envers lui.

Il commença par interpréter le rêve : « Il interpréta les vaches par les années, et l'agriculture durant ces années-là, étant donné que les vaches étaient utilisées à l'usage agricole, donc le problème réside dans les vaches elles-mêmes, le danger qui menace le pays.

Quant aux épis, c'est la récolte qui résoudra le problème, il les informa sur la façon d'affronter ce grand danger.

Le connaisseur, le sage Joseph dit : "Les sept vaches grasses indiquent les années de la fertilité et de prospérité, vous sèmerez pendant sept années consécutives, et il y aura une récolte abondante.

Quant aux épis verts, c'est tout ce que vous moissonnerez durant ces années, et laissez-le en épis pour éviter l'avarie, sauf ce que vous consommerez avec mesure, et le reste vous le stockerez, viendront ensuite sept années de disette, ni pluie ni plantation, indiquées dans le rêve par les vaches maigres mangeant les grasses, vous ne trouverez pas quoi manger sauf ce que vous aurez laissé comme réserve.

C'est l'interprétation du rêve pour que les gens

prennent leurs précautions, et informe-les qu'après ces années d'infertilité, viendra une année d'abondance et de richesse, les gens seront secourus par la pluie, les plantes vont germer, les vignes pousseront et vous les presserez en vin ainsi que les olives en huile, c'est l'année ou les chameaux, les brebis et les vaches revivront et donneront du lait.

Cette année ne fut pas indiquée dans le rêve, mais ce fut une révélation d'Allâh pour Joseph.

Le roi fut ébloui par l'interprétation de Joseph, il apprécia ce prisonnier qui les prévint d'un grand danger, et donna la solution du problème sans contre partie ; alors il ordonna de le faire sortir de prison pour le réserver pour lui-même.

Joseph refusa de sortir, et dit à l'émissaire : Retourne auprès de ton maître et demande- lui quelle fut la raison qui poussa les femmes à se couper les mains

« Mon Seigneur connaît bien leur ruse ». (50)

Joseph n'est plus impatient de sortir comme il l'était auparavant, les années lui apprirent beaucoup, Allâh l'éduqua et le calme lui revint, repris confiance en la miséricorde d'Allâh, donc il décida de ne quitter la prison qu'avec dignité.

Joseph attendit, ne se précipita pas de sortir jusqu'à ce que le roi s'assura de son innocence qui sera prouvée devant tout le monde, ainsi il sortira avec fierté.

Le roi convoqua les femmes qui coupèrent leurs mains et les interrogea :

> **« Alors, le roi leur dit : "Qu'est ce donc qui vous a poussé à essayer de séduire Joseph ? » (51)**

Les femmes réalisèrent que Joseph a une estime considérable auprès du roi, dirent la vérité et prouvèrent l'innocence de Joseph que le salut soit lui.

> **« Elles dirent : "À Allâh ne plaise ! Nous ne connaissons rien de mauvais contre lui ». (51)**

La femme d'al-'Azîz apparut complètement différente, croyant en Allâh l'unique, elle reconnaît l'innocence de Joseph et témoigna de son honnêteté, sa sincérité et sa pudeur et dit :

> **« Maintenant la vérité s'est manifestée ». (51)**

❁ ❁ ❁

La vérité se manifesta

> **« C'est moi qui ai voulu le séduire, et c'est lui vraiment qui est du nombre des véridiques, cela afin qu'il sache que je ne l'ai pas trahi en son absence, et qu'en vérité Allâh ne guide pas la ruse des traîtres, je ne m'innocente cependant pas, car l'âme est très incitatrice au mal, à moins que mon seigneur, par miséricorde ne la préserve du pêché, mon seigneur est, certes, Pardonneur et très Miséricordieux ». (53)**

C'est ainsi que l'innocence de Joseph fut prouvée et déclarée devant tout le monde.

Allâh attesta l'innocence de Joseph en disant :

> **« Il était, certes, un de nos serviteurs élus ». (24)**

De même que Satan attesta son innocence, lorsque Allâh – gloire a lui – dit a propos des enfants d'Adam :

> « **Et les égarerai tous à l'exception, parmi eux de tes serviteurs élus** » Coran, al-Hijr, v. 39-40.

Le parent de la femme d'al-'Azîz ainsi que son mari témoignèrent tous deux son innocence.

Les femmes témoignèrent et enfin la femme d'al-'Azîz elle-même témoigna.

Donc, quiconque voudrait culpabiliser Joseph de vouloir séduire la femme d'al-'Azîz devra choisir le camp d'Allâh ou celui de Satan, et les deux témoignèrent de son innocence.

Donc, il n'y a pas moyen de fuir la vérité, on est enclin de reconnaître la chasteté du prophète Joseph – que le salut soit sur lui.

Joseph sortit de prison.

> **« Et le roi dit : "Amenez-le-moi je me le réserve pour moi-même et lorsqu'il lui eut parlé, il dit : Tu es dès aujourd'hui prés de nous, en une position d'autorité et de confiance ». (54)**

۞ ۞ ۞

« Ainsi avons-Nous affermi l'autorité de Jo-

seph dans ce territoire et il s'y installait là où il le voulait. Nous touchons de notre miséricorde qui nous voulons et ne faisons pas perdre aux hommes de bien le mérite de leurs œuvres, et la récompense de l'au-delà est meilleure pour ceux qui ont cru et ont pratiqué la piété ». (56-57)

Joseph : al-'Azîz d'Égypte

Le roi apprécia Joseph, le respecta avant de le voir, il apprécia son honnêteté et son pouvoir d'interpréter les rêves sans demander une récompense, il estima sa fierté, respecta son amour-propre quand il refusa de sortir de la prison autrement qu'avec dignité, il fut émerveillé par sa moralité et sa bonne foi.

Après son innocence, le roi voulut réserver Joseph pour lui-même, le nomma conseiller et devint même son confident.

> **« Et le roi dit : "Amenez-le-moi, je me le réserve pour moi-même ».** (54)

Joseph vint voir le roi.

> **« Et lorsqu'il lui eut parlé, il dit : "Tu es dès aujourd'hui près de nous, en une position**

d'autorité et de confiance ». (54)

En discutant avec Joseph, le roi fut stupéfait par son savoir, fasciné par sa culture et sa sagesse et il s'assura de sa fidélité, sa moralité et sa fermeté.

Joseph jouissait d'un haut statut en Égypte ; le roi lui légua les pleins pouvoirs de régner sur tout le pays, il lui assura une totale autorité.

Joseph ne perdit pas le temps à faire des éloges au roi, mais pensait plutôt au plus important, il pensa à la crise que connaîtra le pays : Des années d'affilé sans plantation, ni pluie ; que feront les gens face à cette crise, s'il n'y avait pas une science et un plan efficace exécuté avec précision et rigueur pour pouvoir gérer la situation pendant les années d'abondance, sans omettre de faire la réserve nécessaire pour la survie de tout un peuple pendant les années de pauvreté et de sécheresse.

C'est une grande responsabilité qui pourrait lui coûter la vie devant des foules humaines désemparées.

Allâh accorda à Joseph la capacité d'assumer cette responsabilité, il l'assuma et alla voir le roi.

« Et Joseph dit : "Assigne-moi les dépôts du territoire, je suis bon gardien et connaisseur ». (55)

Joseph devint al-'Azîz (grand vizir, gouverneur) d'Égypte, et responsable des dépôts du territoire, car jadis l'Égypte était le plus grand royaume sur terre.

Allâh a bien récompensé sa patience, car Allâh récompense toujours les croyants endurants dans la vie et en l'au-delà.

Joseph fit preuve de patience, lorsqu'on le sépara de son père, de la cruauté de ses frères, de l'esclavage et de la ruse des femmes, il résista à la séduction, au péché, aux années qu'il passa en prison.

Allâh lui apprit à assumer la grande responsabilité. Il appela à l'unicité de Dieu ; et vit en sécurité et en paix au sein de la miséricorde et de la satisfaction d'Allâh.

Joseph planifia non seulement l'économie de l'Égypte, mais l'économie de tout le territoire. Les années de la fertilité passèrent et celles de l'aridité arrivèrent, la pauvreté et la famine se répandirent. La misère s'installa dans plusieurs pays, poussant les masses humaines qui affluaient de différentes contrées pour demander la nourriture au gouverneur d'Égypte.

Les frères de Joseph vinrent de la terre de Canaan, ils vinrent de Syrie cherchant de la nourriture en Égypte, il entrèrent auprès de Joseph, il les reconnut mais eux ne le reconnurent guère, jamais ils n'auraient imaginé que le petit Joseph jeté dans le puits est toujours en vie, et devint même le gouverneur d'Égypte, le plus puissant pays sur terre.

Joseph les inspecta et n'observa pas son frère Benjamin, alors il s'inquiéta pour son petit frère.

Il les accueillit, et entreprit une discussion avec eux, jusqu'à s'assurer que Benjamin et Jacob sont toujours en vie, et que Jacob protège trop Benjamin après avoir perdu son frère et ne supporte pas sa séparation.

Joseph vendait une ration de nourriture par personne, ce que portait un seul chameau ou âne durant une période précise, il ne vendait pas à chacun la quantité demandée, afin que la réserve de nourriture ne s'épuise pas durant sept années.

> **« Et quand il leur eut fourni leur provision, il dit : "Amenez-moi un frère que vous avez de votre père. Ne voyez-vous que je donne la pleine mesure et que je suis le meilleur des hôtes ». (59)**

Après avoir pris chacun sa ration de nourriture,

les frères de Joseph s'apprêtèrent au départ, à ce moment-là Joseph leur dit : Vous avez dit que vous avez un frère de votre père, amenez-le-moi et je vous ajouterai une mesure de provision, ne trouverez-vous pas que je donne la pleine mesure et que j'honore les invités.

> **« Et si vous ne me l'amenez pas, alors il n'y aura plus de provision pour vous chez moi, et vous ne m'approcherez plus ». (60)**

Qui sait ! Peut-être que vous êtes des espions. Si vous ne me donnez pas la preuve de ce que vous dites, et ne ramenez pas votre frère dont vous m'avez parlé, je ne vous donnerai plus rien et ne revenez plus.

❁ ❁ ❁

C'est ainsi que Joseph leur donna envie de ramener Benjamin, et son avertissement leur fit peur.

> **« Ils dirent : Nous essayerons de persuader son père, certes, nous le ferons ». (61)**

Nous essayerons de convaincre notre père en faisant tout notre possible pour qu'il accepte que nous l'emmenions avec nous ; et nous en sommes capables.

Joseph voulut assurer leur retour et dit discrètement à son valet : Rends leur la marchandise, mets-la avec leurs bagages, pour qu'à leur retour chez eux ils la reconnaissent et reviennent.

Le valet obéit

« Et lorsqu'ils revinrent à leur père, ils dirent : "Notre père, il nous sera refusé de nous ravitailler ». (62)

Le gouverneur d'Égypte nous interdit d'acheter la nourriture, sauf si nous emmenions notre frère avec nous.

« Envoie donc avec nous notre frère, afin que nous obtenions des provisions. Nous le surveillerons bien ». (62)

Nous le surveillerons ! Quelle promesse ! C'est la même promesse faite lorsqu'ils voulurent éloigner Joseph.

Le père se remémora les mauvais souvenirs, il ne leur confia pas Benjamin et leur dit le cœur meurtri :

« Vais-je vous le confier comme, auparavant, je vous ai confié son frère ». (64)

Épargnez-moi de vos promesses, j'en ai déjà subi auparavant, si je demande la protection de mon fils, je la demanderai à Allâh le plus miséricordieux.

« Mais Allâh est le meilleur gardien, et il est le plus miséricordieux des miséricordieux ». (64)

❁ ❁ ❁

La ruse de Joseph

« Et lorsqu'ils ouvrirent leurs bagages, ils trouvèrent qu'on leur avait rendu leurs marchandises ». (65)

Ils s'étonnèrent et se précipitèrent vers leur père : père, c'est notre marchandise, elle nous a été rendue, pour que tu croies ce qu'on dit, nous avons pris des provisions sans payer ! Et cela n'explique qu'une chose, c'est un avertissement de ne plus nous vendre sauf si nous emmenons notre frère, laisse-le partir avec nous apporter la nourriture à nos proches ; nous le protégerons.

Le père hésita, il eut peur pour son cher enfant, mais la sécheresse est insupportable et très dure aussi, ils sont nombreux à avoir faim, onze hommes avec leurs épouses, leurs enfants et leur mère, il accepta à condition qu'ils lui fassent le serment et de jurer devant Dieu de lui rendre son enfant, sauf s'ils sont cernés et qu'ils n'y peuvent rien.

> **« Lorsqu'ils lui eurent apporté l'engagement il dit : Allâh est garant de ce que nous disons ». (66)**

Jacob envoya son enfant avec ses frères, plaça toute sa confiance en Allâh et s'est soumis à la volonté de Dieu le Tout Puissant.

Au moment du départ, toute la tendresse du père se manifesta, ce sont ses enfants malgré leur cruauté, ce sont onze hommes forts et coriaces, il eut peur pour eux, et Allâh savait de quoi il avait peur, car Allâh lui enseigna la science, mais la plupart des gens ne savent pas.

Jacob s'approcha de ses enfants

« Et il dit : "Mes fils, n'entrez pas par une seule porte, mais entrez par des portes séparées. Je ne peux cependant vous être d'aucune utilité contre les desseins d'Allâh la décision n'appartient qu'à Allâh, en lui je place ma confiance, et que ceux qui placent leur confiance la placent en lui ». (67)

Jacob savait que la volonté de Dieu s'exécuta et la prudence n'empêcherait pas le destin de se réaliser. Malgré tout, il prit ses précautions, puis il se résigna à Allâh et se remit à Lui, le Tout Puissant.

Les voyageurs partirent, ils exécutèrent la recommandation de leur père, ils entrèrent par des portes différentes.

❁ ❁ ❁

« ... Ainsi suggérâmes-nous cet artifice à Joseph. Car il ne pouvait pas se saisir de son frère, selon la justice du roi, à moins qu'Allâh ne l'eut voulu, nous élevons en rang qui nous voulons. Et au-dessus de tout homme détenant la science il y a un savant plus docte que lui). (76)

L'heure de la rencontre arriva, après tant d'années de séparation, les enfants de Jacob entrèrent auprès de Joseph. Son regard se posa sur son frère germain, il était si triste que Joseph le retint auprès de lui et s'isola avec lui et dit :

« Je suis ton frère, je suis Joseph, ne te chagrine donc pas pour ce qu'ils faisaient, ils nous ont séparés, mais avec la volonté d'Allâh nous sommes à nouveau réunis ». (69)

Benjamin ne croyait pas ses yeux, il était tellement heureux, qu'il se jeta dans les bras de son frère, ils s'étreignirent avec tendresse et passion et fondirent en larmes.

Joseph voulut garder son frère près de lui, et grâce à Allâh il trouva une ruse pour piéger ses frères.

Joseph ordonna d'approvisionner ses frères, et

de cacher la coupe en or du roi dans le sac de Benjamin.

La caravane se prépara pour partir, subitement ils entendirent une voix, ce fut la voix de l'un des gardiens d'al-'Azîz qui cria : Caravaniers ! Attendez ! Vous êtes des voleurs.

Les hommes se retournèrent en murmurant, et se demandant : Des voleurs ? ! Mais qu'avez-vous perdu ? !

Le gardien dit : « Nous cherchons la grande coupe du roi, qui a été volée ».

Il promit une récompense à qui l'apportera, et dit :

> **« La charge d'un chameau à qui l'apportera et j'en suis garant ».** (72)

Les enfants de Jacob jurèrent :

> **« Par Allâh, dirent-ils, vous savez, certes, que nous ne sommes pas venus pour semer la corruption sur le territoire et que nous ne sommes pas des voleurs ».** (73)

Le gardien dit : « Et si vous êtes des menteurs, et que nous trouverons la coupe chez l'un de vous, quelle serait la punition selon votre culte ?

Les enfants de Jacob dirent : La sanction infligée

au voleur, c'est qu'il soit délivré comme esclave à la victime du vol, c'est ainsi que nous punissons les malfaiteurs.

Ils se mirent d'accord pour appliquer leur loi sur le voleur, vu qu'ils étaient sûrs de leur innocence.

Joseph ordonna de les fouiller.

> **« Joseph commença par les sacs des autres avant celui de son frère, puis il la fit sortir du sac de son frère ».** (76)

Ce fut la grande surprise, les frères s'étonnèrent. Benjamin devint l'esclave de Joseph, ce fut la volonté d'Allâh, car si Joseph avait appliqué la loi d'Égypte, il ne parviendra pas à garder son frère, car il serait emprisonné.

Les enfants de Jacob se sentirent gênés, eurent un sentiment de haine envers Joseph et son frère Benjamin, ils voulurent s'innocenter et culpabilisèrent leur frère en cherchant la faveur d'al-'Azîz, ils s'approchèrent de lui en se plaignant :

> **« Ils dirent : "S'il a commis un vol, un frère à lui auparavant a volé aussi ».** (76)

Quels menteurs ! Joseph ne montra aucune émotion, malgré son innocence et celle de son frère, mais il les dévisagea et dit en lui-même : « Vous m'accusez, moi et mon frère de vol » ! ! !

« Votre position est bien pire encore ! Et Allâh connaît mieux ce que vous décrivez ». (77)

Allâh – gloire à Lui – connaît la vérité.

Les enfants de Jacob s'inquiétèrent, ils avaient promis à leur père de ne revenir qu'en compagnie de Benjamin, ils sont très angoissés, que vont-ils faire ?

Ils supplièrent al-'Azîz :

« Ils dirent : Ô ! al-'Azîz. Il a un père très vieux, saisis-toi donc de l'un de nous, à sa place, nous voyons que tu es vraiment du nombre des gens bienfaisants ». (78)

Joseph refusa de prendre quelqu'un d'autre à la place de Benjamin, sans l'accuser de vol, il était sûr de l'innocence de son cher frère, car il ne dit pas qu'il prendra le voleur, mais précisa qu'il prendra celui qui a la coupe ; sinon il serait du nombre des injustes en prononçant le mot voleur à l'encontre de son frère, alors il répondit que le salut soit sur lui- :

« Il dit, qu'Allâh nous garde de prendre un autre que celui chez qui nous avons trouvé notre bien ! Nous serions alors vraiment injustes ». (79)

Sa décision fut juste et irrévocable.

C'est ainsi que l'affaire se termina... les frères perdirent espoir et partirent, en laissant leur petit frère chez le gouverneur d'Égypte.

Ils se mirent à réfléchir. Comment résoudre cet épineux problème.

> **« Puis lorsqu'ils eurent perdu tout espoir, ils se concertèrent en secret. Leur aîné leur dit : Ne savez-vous pas que votre père a pris de vous un engagement formel au nom d'Allâh, et que déjà vous y avez manqué autrefois à propos de Joseph ? Je ne quitterai point le territoire, jusqu'à ce que mon père me le permette ou qu'Allâh juge en ma faveur, et il est le meilleur des juges ». (80)**

❁ ❁ ❁

> **« Et il éleva ses parents sur le trône, et tous tombèrent devant lui, prosternes, et il dit : Ô ! Mon père, voilà l'interprétation de mon rêve de jadis, Allâh l'a bel et bien réalisé ». (100)**

Et le rêve se réalisa.

Les enfants de Jacob perdirent espoir de récupérer leur frère, ils l'abandonnèrent en tant qu'esclave chez le gouverneur d'Égypte et partirent malgré eux, ils étaient furieux, ils s'isolèrent en pensant à la catastrophe qui leur était arrivée. L'aîné s'emporta et cria : Que faites-vous braves hommes ? Comment allez-vous affronter votre père ? Ne savez- vous pas que votre père a pris de vous un engagement et que vous y avez manqué autrefois à propos de Joseph !

Je ne pourrai pas affronter mon père.

« Je ne quitterai point le territoire ». (80)

Je ne quitterai pas l'Égypte.

« Jusqu'à ce que mon père me le permette ou qu'Allâh juge en ma faveur ». (80)

Je vais reprendre mon frère.

« Et il est le meilleur des juges, retournez à votre père et dites ô ! notre père ton fils a volé ». (70, 71)

Les enfants d'Israël laissèrent leur grand frère et retournèrent à leur père lui dire :

– « Père ! ton fils a volé, le gouverneur d'Égypte l'a pris pour serviteur ».

Le père s'emporta, frappé par le malheur, il dit :

– Que dites-vous ?

– Vous accusez mon fils de voleur ? !

–Vous l'avez égaré comme avez-vous fait avec son frère auparavant ! ?

Et dirent :

– Nous ne témoignons que ce que nous avons vu et su et si ton fils a volé ? Nous ne connaissons pas la science de l'inconnaissable.

> **« Et interroge les habitants la ville où nous étions ».** (82)

Demande aux habitants d'Égypte, ainsi que la caravane dans laquelle nous sommes venus... nous disons réellement la vérité.

Le père ne les croyait pas, il s'est habitué à leurs mensonges, il était vraiment troublé, il était si triste, qu'il fonda en larmes ... mais retint sa tristesse et garda espoir.

> **« Alors Jacob dit : "Vos âmes plutôt vous ont inspiré d'entreprendre quelque chose ! Oh ! Belle patience. Il se peut qu'Allâh me les ramènera tous les deux. Car c'est lui l'omniscient, le sage ».** (83)

Ô Allâh ! Quelle belle patience !

> **« Vos âmes plutôt vous ont inspiré, oh ! Belle patience ».** (83)

C'est la même phrase qu'il prononça lorsqu'il

perdit Joseph.

Un sentiment très fort se manifesta dans le cœur de Jacob, un sentiment noble et plus fort que la réalité vécue, c'est la certitude de la miséricorde d'Allâh, c'est le sentiment qui apaise les cœurs en relation avec Allâh.

Jacob sentit qu'Allâh lui rendra tous ses enfants car il connaît son état – que le salut soit sur lui.

C'est ainsi que Jacob perdit ses enfants les plus chers, il perdit Benjamin et Joseph depuis des années, il se retrouva seul étranger parmi ses enfants qui utilisaient un langage étrange et différent du sien et celui de Joseph et de Benjamin ; une grande différence entre le langage de la rancune et de la cruauté, et celui de l'amour et de la miséricorde.

Jacob se détourna de ses enfants, supporta la douleur et la tristesse.

> **« Et il se détourna d'eux et dit : "Que mon chagrin est grand pour Joseph ! Et ses yeux blanchirent d'affliction et il était accablé ». (84)**

Affecté par le chagrin, il perdit la vue a force de pleurer, les enfants s'étonnèrent et dirent : Tu évoques toujours Joseph ! ! Il est parti sans jamais revenir, par Allâh tu persistes à l'évoquer jusqu'à ce que tu t'épuises et que tu crèveras.

Jacob répondit : Laissez-moi tranquille, je ne me plains pas à vous.

> **« Il dit : "Je ne me plains qu'a Allâh de mon déchirement et de mon chagrin. Et je sais de la part d'Allâh ce que vous ne savez pas ». (86)**

Jacob reprit le goût de la patience et de la foi, il pensa au petit Joseph et se rappela ce que lui disait :

> **« Mon père, j'ai vu en songe onze étoiles et aussi le soleil et la lune, je les ai vus prosternés devant moi ». (4)**

Jacob reprit confiance : Allâh ! ! Joseph est toujours en vie, une chose importante va se passer, un jour il reviendra avec Benjamin et leur grand frère ; la lumière de l'espoir éclaira la conscience de Jacob qui ne désespéra guère de la clémence d'Allâh.

Les jours passèrent, la situation se détériora, la pauvreté et la famine régnèrent dans le pays, les enfants de Jacob étaient à bout de force, leur marchandise ne leur suffisait plus pour acheter la nourriture, ils ne trouvèrent qu'une solution : Demander l'aumône au gouverneur d'Égypte, peut-être que son cœur s'adoucira.

Jacob appela ses enfants, parla avec tendresse et affection et leur dit :

> **« Mes fils ! Partez et enquérez-vous de Joseph et de son frère. Et ne désespérez pas de la miséricorde d'Allâh. Ce sont seulement les gens mécréants qui désespèrent de la miséricorde d'Allâh ». (87)**

Les enfants partirent pour l'Égypte.

Une fois, arrivés, les portes s'ouvrirent, ils entrèrent auprès d'al-'Azîz.

> **« Et lorsqu'ils s'introduisirent auprès de Joseph, ils dirent : "al-'Azîz, la famine nous a touché, nous et notre famille et nous venons avec une marchandise sans grande valeur, donne-nous une pleine mesure, et fais-nous la charité. Certes, Allâh récompense les charitables ». (88)**

Joseph était touché au plus profond de lui-même en voyant l'état lamentable de ses frères, et leur dégradation au point de demander la charité.

Il se rappela lorsqu'ils le jetèrent dans le puits et maintenant il est au sommet du pouvoir et de l'autorité ; ils l'ont séparé de son père, ils l'ont séparé de son frère et Allâh les a réunis, ils sont entre ses mains, il pouvait se venger d'eux et les punir, mais il fut tellement sage et clément qu'il leur pardonna.

Son cœur s'adoucit, il pensa à son triste père, et pensa qu'il fut temps de dévoiler le secret.

Ce fut la surprise, les frères furent abasourdis, ils s'étonnèrent lorsque Joseph leur demanda ce qu'ils ont fait de Joseph et de son frère par ignorance.

Il dit :

> **– « Savez-vous ce que vous avez fait de Joseph et de son frère alors que vous étiez injustes ». (89)**

Les frères s'étonnèrent, ils contemplèrent al-'Azîz d'Égypte, et revirent sa voix : C'est la même voix de Joseph, et les mêmes traits, ils balbutièrent : Joseph ? Qui est Joseph et qui est al-'Azîz d'Égypte ? Ils lui demandèrent : « Est-ce que tu es... Certes. Tu es Joseph ! »

al-'Azîz répondit :

> **– « Je suis Joseph, et voici mon frère. Certes Allâh nous a favorisés, quiconque craint et patiente... et très certainement Allâh ne fait pas perdre la récompense des bienfai-**

sants ». (90)

Les frères honteux eurent peur de Joseph, ils attendirent le châtiment et reconnaissent leur tort, ils dirent :

– **« Par Allâh ! Vraiment Allâh t'a préféré à nous et nous avons été fautifs ».** (91)

Ce fut la grande surprise pour les enfants d'Israël ! Non seulement Joseph leur pardonna mais, en plus, il eut de la peine pour eux, il se réconcilia avec eux et il les réconforta, il dit :

– **« Pas de récrimination pour vous aujourd'hui ! Qu'Allâh vous pardonne, c'est lui le plus miséricordieux des miséricordieux ».** (92)

Joseph ne supporta plus l'état lamentable de son père, sa famille lui manquait tellement, mais c'est un prophète et son père est un prophète, alors le miracle se produisit :

« Emportez ma tunique que voici, et appliquez-la sur le visage de mon père, il recouvrera aussitôt la vue, et amenez-moi toute votre famille ». (93)

La caravane quitta l'Égypte pour rejoindre Canaan, et dès qu'elle franchit les frontières, Jacob se leva le cœur battant, il avait tellement d'espoir qui illumina son cœur, il sentit l'odeur de Joseph, il sortit de sa solitude attendre son cher Joseph, tous les membres de la famille furent surpris lorsque Jacob leur dit :

– « **Je décèle, certes, l'odeur de Joseph** ». (94)

Vous n'allez pas me croire même si vous dites que je radote.

Attend-il toujours Joseph ? Ne croit-il toujours pas qu'il ne reviendra plus ? !

L'homme n'est qu'un vieux sénile qui délire. Ils le contemplèrent avec étonnement en lui adressant des paroles qui ne conviennent ni aux pères ni aux prophètes :

« **Ils lui dirent : "Par Allâh te voilà bien dans ton ancien égarement** ». (95)

Jacob ne prêta pas attention et guetta toujours, de loin, la venue de Joseph.

Et ce fut la surprise ! Les enfants de Jacob arrivèrent, l'un d'eux appliqua la tunique de Joseph sur son visage ! Ce fut le miracle ! Il recouvra la vue ! Ses enfants lui parlèrent de Joseph, une lueur de joie éclaira son visage, des larmes de bonheur se déversèrent sur ses joues.

« **Il dit : "Ne vous ai-je pas dit que je sais, par Allâh, ce que vous ne savez pas !** » (96)

les enfants de Jacob eurent honte, ils regrettèrent leur injustice envers Jacob, Benjamin et Joseph, ils reconnurent la gravité de leur crime et demandèrent à leur père d'implorer le pardon pour leurs erreurs et péchés :

> **« Ils dirent : "Notre père, implore pour nous la rémission de nos péchés, nous étions vraiment fautifs ! »** (97)

Le père répondit :

> – **« J'implorerai pour vous le pardon de mon seigneur, car c'est lui le Pardonneur, le très miséricordieux ».** (98)

C'est vrai, c'est Allâh le Clément, le Miséricordieux.

Il a éprouvé Joseph et son père par les malheurs, ils prirent leur mal en patience devant l'injustice et la privation, et quand ils étaient à bout de force et leur patience toucha la limite, ils se tournèrent vers Allâh l'unique, qui les consola, et redonna la vue à Jacob.

Toute la famille s'apprêta à voyager pour retrouver Joseph, et ils furent très contents.

Le moment de la rencontre arriva, Jacob, sa femme et ses enfants s'introduisirent auprès de Joseph qui fut très impatient de revoir son père et sa famille qui lui manquait tellement, tous les cœurs battaient, ils pleurèrent de joie et s'enlacèrent.

C'est ainsi que le rêve se réalisa, car Joseph prit ses parents dans ses bras, leur souhaita la bienvenue et il les accueillit avec cordialité.

> **« Et leur dit : "Entrez en Égypte, en toute sécurité si Allâh le veut ! Et il leva ses parents sur le trône et tous tombèrent devant lui prosternés ». (100)**

Tous ses frères, son père et sa mère tombèrent devant lui prosternés car c'était une habitude courante pour honorer les notables.

Joseph et son père se rappelèrent les souvenirs très lointains lorsque Joseph dit à son père :

> **« Mon père, j'ai vu en songe onze étoiles, et aussi le soleil et la lune, je les ai vus prosternés devant moi ». (4)**

Le rêve se réalisa après tant d'années ; et avec joie et amour, Joseph dit à son père :

> **– « Et il dit : "Ô ! Mon père, voilà l'interprétation de mon rêve de jadis, Allâh l'a bel et bien réalisé... et il m'a certainement fait du bien quand il m'a fait sortir de prison et qu'il vous a fait venir de la campagne, après que le diable ait suscité la discorde entre mes**

frères et moi, mon Seigneur est plein de douceur pour ce qu'Il veut, et c'est Lui l'Omniscient le Sage ». (100)

Certes... « Il est l'Omniscient, le Sage ».

Jacob l'a bien dit au début de l'histoire et aussi lorsqu'il perdit Benjamin et voilà que Joseph le redit à la fin, car c'est vrai qu'Allâh sait tout de Ses créatures.

Joseph se retira du regard des membres de sa famille, de ses chers parents et se détourna de la gloire et du pouvoir, et se mit à implorer et invoquer Dieu :

« Mon seigneur, Tu m'as donné du pouvoir et m'as enseigné l'interprétation des rêves. C'est Toi le créateur des cieux et de la terre. Tu es mon patron, ici-bas et dans l'au-delà. Fais-moi mourir en parfaite soumission et fais-moi rejoindre les vertueux ». (101)

« Ce sont là des récits inconnus que nous te révélons, tu n'étais pas auprès d'eux quand ils se mirent d'accord pour comploter ». (102)

Conclusion :
L'histoire en quelques lignes

Allâh accorda à Joseph – que le salut soit sur lui – une vision véridique.

Il l'informa de son destin écrit dans son éternel savoir, les événements de l'histoire se succédèrent : Joseph subit une multitude d'épreuves et difficultés, ne désespéra pas, mais fit preuve de patience et s'évertua, prit ses responsabilités et mit toute sa confiance en Allâh, une fois sa patience atteignit la limite, la délivrance d'Allâh lui parvient, le rêve se réalisa, le destin exécutoire d'Allâh arriva.

L'histoire s'acheva, oubliée par le temps, les versets furent révélés dans le saint Coran pour ceux qui sont doués d'intelligence.

Et toi lecteur doué de bon sens, sais-tu que les prophètes d'Allâh sont des personnages exemplaires... Quelle est ta position vis-à-vis de cet exemple ? Et quel est ton sentiment quant à ces difficultés ?

Cher lecteur ! Ne cherche pas à ce que la vie soit un Paradis pour toi... Ne t'inquiète pas au moment où tu subis des peines... C'est la vie... Rassure-toi et sache que le destin d'Allâh est exécutoire et la délivrance d'Allâh doit parvenir.

Cher frère : allons rechercher la voie du Paradis, plutôt soyons avides de l'Eden.

_ Fin d'ouvrage _

Bibliographie

– **'Abd al-Bâqî** (Muhammad Fû'âd), *Le dictionnaire des termes du saint Coran,* Édition : Dâr ar-Rayân pour l'héritage.

– **ach-Cha'râwî** (Muhammad Mutwalî), *L'exégèse,* Édition : Akhbâr al-Yawm.

– **an-Najjâr** ('Abd al-Wahhâb, *Les récits des prophètes,* Édition !

– **ar-Râzî** (al-Imâm), *Mukhtâr as-sihâh,* Édition : Dâr at-Tanwîr al-'Arabî.

– **as-Sâbûnî** (Muhammad 'Alî), *La prophétie et les prophètes,* Édition !

– **as-Sahâr** ('Abd al-Hamîd Jûda), *Muhammad le Prophète d'Allâh et ses compagnons,* Édition : La bibliothèque d'Égypte.

– **Bahjat** (Ahmad), *Les prophètes d'Allâh,* Édition : Dâr ach-Churûq.

– **Bahjat** (Ahmad), *Les Récits des animaux dans le Coran,* Édition : Dâr ach-Churûq.

– **Hasanayn** (Ahmad Tahar) Nabawî ('Abd al-'Azîz), *Les Principes de la langue arabe,* Édition : Assadr pour les services du tirage.

– **Ibn al-Athîr**, *al-Kâmil fî at-târîkh,* Édition : Dâr ar-Rayân pour l'héritage, Édition : Maison du livre arabe.

– **Ibn Kathîr**, *al-Bidâyah wa an-nihâyah*, Dâr ar-Rayân pour l'Héritage, La maison du livre arabe.

– **Ibn Kathîr**, *L'exégèse du saint Coran*, Édition : La grande bibliothèque commerciale.

– **Ibn Kathîr**, *Les récits des prophètes*, Édition !

– **Ibn al-Manzûr**, *Lisân al-'arab [La langage des Arabes]*, Édition : La maison des livres scientifiques.

– ***Le Dictionnaire al-Wasît***, Édition : Académie de la langue arabe.

– ***Le Saint Coran***.

– **Mahmûd** (Docteur 'Abd al-Halîm), *Les prophètes et les messagers*, Édition : Akhbâr al-Yawm.

– **Makhlûf** (Hasanayn Muhammad), Les termes du Coran, Édition : Dâr al-Ma 'ârif.

– **Qutb** (Sayyid), *À l'ombre du Coran*, Édition : Dâr ach-Churûq.

Table des matières

Publications des Éditions ESSALAM

ISBN	TITRE	€
2-910941-16-7	**KASSAB** (Mohammad Yacine), ***Gloire à Dieu ou les mille vérités scientifiques du Coran***, 1re édition 1997 (200 000 exemplaires) chez Salama (Alger), 2e édition revue et corrigée 2002, format 140x225 mm, 516 pages, broché, reliure cartonnée.	26,00
2-910941-86-8	**al-Buḫārī**, ***Trente-six récits prophétiques : Histoires de la vie de nos prophètes***, Extrait de la Somme authentique d'al-Buḫārī [*al-jāmi' aṣ-ṣaḥīḥ*], compilation et traduction Amer Hadla, format 170x210 mm, 96 pages, parution 2004.	
2-910941-21-3	**Mahmûd** (Mustafâ), ***Dialogue avec un ami athée***, traduction Marc CHARTIER, 1re édition 1998, 2e édition 2002, format 120x195 mm, 236 pages, broché.	07,70
2-910941-25-6	**Mahmûd** (Mustafâ), ***Du Doute à la Foi***, traduction Marc CHARTIER, 1e édition 2002, 2e édition 2003, format 120x195 mm, 128 pages, broché.	06,10
2-910941-82-5	**Mahmûd** (Mustafâ), ***Allâh (Dieu)***, traduction Messaoud BOUDJENOUN, édition 2004, format 120x190 mm, 96 pages, broché.	
2-910941-83-3	**Mahmûd** (Mustafâ), ***Muḥammad***, traduction Messaoud BOUDJENOUN, édition 2004, format 120x190 mm, 128 pages, broché.	
2-910941-84-1	**Mahmûd** (Mustafâ), ***Qu'est-ce que l'Islâm***,	

	traduction Messaoud BOUDJENOUN, édition 2004, format 120x190 mm, 256 pages, broché.	
2-910941-85-X	**Mabrouk** *(Laila), Joseph le véridique,* édition 2004, format 110x180 mm, 96 pages, broché.	
2-910941-81-7	**Abdessalam** (Sami), *Aïd al-adhâ : Fête du sacrifice d'Abraham (entre religion et tradition)*, édition 2004, format 110x180 mm, 128 pages, broché.	4,50
1-19-910941-2	**ACH-CHINQITY** (M. Almoukhtar), ***Comment attendrir nos cœurs ?***, traduction BOUREÏMA (Abdou Daouda), édition 1998, format 108x170 mm, 31 pages, broché.	01,50
2-910941-23-X	***Heures des Prières, toute la France***, texte français-arabe, édition 1998, 108x170 mm, 16 pages, broché.	00,50
2-910941-39-6	**KHALÎL** (ʿImâd ad-Dîn), ***De la structure de l'esprit musulman***, traduction, présentation et annotation ABIDI (Ahmed), édition 2001, format 120x196 mm, 240 pages.	07,00
2-910941-62-0	**OULWÂNE** ('Abd-Allâh Nâsih), ***L'éducation des enfants dans l'Islam***, édition 2003, format 150x230 mm, 448 pages, broché.	17,00
2-910941-64-2	**ALMAGHREBI** (Mohamed), ***Les signes précurseurs de la fin du Monde***, édition 2003, format 110x180 mm, 191 pages, broché.	05,50
2-910941-65-5	**ÂL ISMAËL** (Abdallah), ***L'abrégé de la profession de foi des pieux prédécesseurs***, traduction ALMAGHREBI (Mohamed), édition 2003, format 110x180 mm, 174 pages, broché.	05,50
2-910941-62-0	**ÂL ISMAËL** (Abdallah), ***L'abrégé de la profession de foi des pieux prédécesseurs***, traduction ALMAGHREBI (Mohamed), édition 2003, format 110x180 mm, 174 pages, bro-	03,00

	ché.	
2-910941-62-0	**IBN BĀZ** (ʿAbd al-ʿAzīz), ***Leçons importantes pour l'ensemble de la communauté***, traduction ALMAGHREBI (Mohamed), édition 2003, texte français-arabe, format 110x180 mm, 174 pages, broché.	02,50

Collection : Point vert

2-910941-00-0	**ASHOUR** (Mustafa), ***Les djinns dans le Coran et la Sunna***, traduction : collectif, édition 2002, format 110x180 mm, 144 pages, broché.	05,50
2-910941-02-7	**IBN AL-QUAYYIM**, ***Le voyage de l'âme après la mort***, traduction Layla MABROUK, édition 2002, format 110x180 mm, 81 pages, broché.	03,00
2-910941-39-6	**ḤAJJÂJ** (ʿAbd-Allâh), ***Le voyage de l'ascension nocturne du Prophète*** [L'Isrâ et le Miʿrâj, extrait de « *al-Fath al-bârî* »], traduction : collectif, édition 1998, format 110x180 mm, 114 pages, broché.	04,50
2-910941-03-5	**AL-SHAʿRAWI** (Mohammad), ***Le destin et la prédestination***, traduction : collectif, édition 2002, format 110x180 mm, 95 pages, broché.	05,00
2-910941-04-3	**AL-SHAʿRAWI** (Mohammad), ***Comment Allāh pourvoit aux besoins de l'être humain***, traduction : collectif, édition 2002, 102 pages, broché.	05,00
2-910941-05-1	**AL-SHAʿRAWI** (Mohammad), ***La magie et la jalousie à la lumière du Coran et de la Sunna***, traduction : collectif, édition 1998, format 110x180 mm, format 110x180 mm, 131 pages, broché.	05,50
2-910941-27-2	**AL-SHAʿRAWI** (Mohammad), ***Le monde invisible (al-ġayb)***, traduction BELAMINE (Badr), édition 1999, format 110x180 mm,	04,50

	104 pages, broché.	
2-910941-52-3	AL-SHAʿRAWI (Mohammad), ***Le licite et l'illicite***, traduction : collectif, édition 2002, format 110x176 mm, 171 pages.	07,00
2-910941-53-1	AL-SHAʿRAWI (Mohammad), ***Le bien et le mal***, traduction BELAMINE (Badr), édition 2002, format 110x176 mm, 112. pages.	04,50
2-910941-45-X	AL-SHAʿRAWI (Mohammad), ***La fin du Monde***, traduction BELAMINE (Badr), édition 2002, format 110x176 mm, 121 pages.	05,00
2-910941-55-8	AL-SHAʿRAWI (Mohammad), ***Les plus beaux Noms de Dieu 1***, traduction BELAMINE (Badr), édition 2002, format 110x176 mm, 112 pages.	03,00
2-910941-56-6	AL-SHAʿRAWI (Mohammad), ***Les plus beaux Noms de Dieu 2***, traduction BELAMINE (Badr), édition 2002, format 110x176 mm, 142 pages.	04,00

Collection : Islam pratique

2-910941-74-4	AL-QAHTĀNĪ (Saʿīd), ***La citadelle du musulman***, traduction par la commission littéraire aux Édition ESSALAM, texte français-phonétique-arabe, impression 2 couleurs, format 90x135 mm, 224 pages, broché, parution 2003.	
2-910941-78-7	AL-QAHTĀNĪ (Saʿīd), IBN AL-ʿUTAYMĪN (Muḥammad), ***Le Qur'ān, nous protège ! Par son verset du Trône suivi de prières qur'āniques et sunnatiques***, traduction BELAMINE (Badr), transcription et révision HADLA (Amer), texte français-phonétique-arabe, impression 2 couleurs, format 90x135 mm, 96 pages, broché, parution 2003.	
2-910941-06-x	**BELAMINE** (Badr), ***Les cinq piliers de l'Islam***, 1re édition 1986, 2e édition 1999, 3e édition 2002, texte français-arabe-	04,50

	phonétique, impression 2 couleurs, format 127x193 mm, 146 pages, broché.	
2-910941-09-4	***Comment faire la Prière, garçons avec photos***, édition 1997, texte français-arabe-phonétique, impression 2 couleurs, format 110x180 mm, 56 pages, broché.	01,50
2-910941-10-8	***Comment faire la Prière, filles avec photos***, édition 1997, texte français-arabe-phonétique, impression 2 couleurs, format 110x180 mm, 56 pages, broché.	01,50
2-910941-24-8	**BOUREÏMA** (Abdou Daouda), ***Préceptes du jeûne du Ramadan***, édition 1998, format 112x180 mm, 157 pages, broché.	02,75
977-261-506-1	***Faisons nos ablutions et notre Prière***, dessin MOHYI SHAMS AL-SALLAB (Rafat), maquette EBDEL GHAFFAR (Gamal), co-édition avec Safir (le Caire) 2000, texte français-arabe-phonétique, impression quadri, format 70x200 mm, 13 pages, brochure.	04,40
2-910941-24-8	**BOUREÏMA** (Abdou Daouda), ***Le guide détaillé de l'Oumra & du Hadj***, édition 1999, texte français-arabe-phonétique, format 110x180 mm, 163 pages, broché.	03,35
2-910941-57-4	**AN-NAWAWÎ, *Les quarante Hadiths***, traduction commentaire et leçon ABIDI (Ahmed), édition 2002, texte français-arabe, format 110x180 mm, 192 pages.	03,50
2-910941-	**ʿABD AL-JAWĀD** (Aḥmad), ***Guide de l'invocation exaucée***, traduction Amer HADLA, texte français-arabe-phonétique, impression 2 couleurs, format 110 ???? mm, ???? pages, broché, édition en préparation.	

Collection : Le monde de nos petites amies

2-910941-47-7	**HARUN YAHYA**, ***Les fourmis***, traduction : collectif, édition 2001, impression quadri,	07,00

	format 150x210 mm, 40 pages, broché.	
2-910941-48-5	**HARUN YAHYA**, ***Les abeilles***, traduction : collectif, édition 2001, impression quadri, format 150x210 mm, 40 pages, broché.	07,00
2-910941-50-7	**HARUN YAHYA**, ***Le monde des animaux***, traduction : collectif, édition 2002, impression quadri, format 195x230 mm, 136 pages, broché.	12,00

Collection : Sciences coranique

2-910941-58-2	**HARUN YAHYA**, ***Le mensonge de l'évolution***, traduction : collectif, édition 2002, impression quadri, format 160x234 mm, 301 pages, broché.	23,00
2-910941-46-9	**HARUN YAHYA**, ***Les nations disparues***, traduction : collectif, édition 2001, impression quadri, format 160x235 mm, 161 pages, broché.	15,00
2-910941-51-5	**HARUN YAHYA**, ***Pour des gens doués d'intelligence***, traduction : collectif, édition 2002, impression quadri, format 197x270 mm, 302 pages, broché.	28,00

Collection : La voie du petit musulman

977-261-5707	***La voie du petit musulman 1***, dessins ABDOU (Yahya) et AL-FARMAWI (Mamdouh), traduction BELAMINE (Badr), co-édition avec Safir (le Caire) 1997, impression quadri, format 177x243 mm, 48 pages, broché, reliure cartonnée.	06,00
977-261-565-7	***La voie du petit musulman 2***, dessins AL-FARMAWI (Mamdouh), traduction BELAMINE (Badr), co-édition avec Safir (le Caire) 1998, impression quadri, format 177x243 mm, 48 pages, broché, reliure cartonnée.	06,00
977-261-608-4	***La voie du petit musulman 3***, dessins **ABDOU** (Yahya) et AL-FARMAWI (Mamdouh), traduction BELAMINE (Badr), co-édition avec Safir (le Caire) 1998, impression quadri,	06,00

	format 177x243 mm, 48 pages, broché, reliure cartonnée.	
2-910941-26-4	***La voie du petit musulman 4***, dessins SULTAN (M.), traduction BELAMINE (Badr), co-édition avec Safir (le Caire) 2002, impression quadri, format 177x243 mm, 64 pages, broché, reliure cartonnée.	06,70
2-910941-59-0	***La voie du petit musulman 5***, dessins ABDOU (Yahya), traduction BELAMINE (Badr), co-édition avec Safir (le Caire) 2002, impression quadri, format 177x243 mm, 64 pages, broché, reliure cartonnée.	07,00
2-910941-45-0	***La voie du petit musulman 6***, dessins ABDOU (Yahya), traduction BELAMINE (Badr), co-édition avec Safir (le Caire) 2003, impression quadri, format 177x243 mm, 71 pages, broché, reliure cartonnée.	07,00

Collection : Un enfant musulman

2-910941-29-9	***Un enfant musulman avec paroles du Prophète (ﷺ) (ahâdithir-rassoul)***, tome 1, traduction SANGARÉ (Mohamed S.), co-édition avec Darussalam (Riyâdh) 1999, texte français-arabe, impression quadri, format 87x128 mm, 60 pages, broché, reliure cartonnée.	02,20
2-910941-30-2	***Un enfant musulman avec paroles du Prophète (ﷺ) (ahâdithir-rassoul)***, tome 2, co-édition avec Darussalam (Riyâdh) 1999, texte français-arabe, texte bilingue, impression quadri, cartonné, format 87x128 mm, 60 pages, broché, reliure cartonnée.	02,20
2-910941-28-0	***52 Rabbana : supplications tirées du Saint Coran***, co-édition avec Darussalam (Riyâdh) 1999, texte français-arabe, impression quadri, format 87x128 mm, 48 pages, broché, reliure cartonnée.	02,20
2-910941-32-9	***Invocations pour les enfants musulmans***, traduction SANGARÉ (Mohamed S.), édition	02,20

1999, texte français-arabe-phonétique, impression quadri, format 87x128 mm, 60 pages, broché, reliure cartonnée.

Collection : Les biens aimés d'Allāh

2-910941-33-7	***L'arbre du bonheur***, texte RAMADAN (Hadia), illustration ABDOU (Yehia), traduction : collectif, co-édition avec Safir (le Caire) 2000, impression quadri, format 170x245 mm, 16 pages, broché.	01,83
2-910941-34-5	***Kim le chat***, texte **RAMADAN** (Hadia), illustration ABDOU (Yehia), traduction collectif, co-édition avec Safir (le Caire) 2000, impression quadri, format 170x245 mm, 16 pages, broché.	01,83
2-910941-35-3	***Zog découvre un secret***, texte **RAMADAN** (Hadia), illustration **ABDOU** (Yehia), traduction : collectif, co-édition avec Safir (le Caire) 2000, impression quadri, format 170x245 mm, 16 pages, broché.	01,83
2-910941-36-1	***La valeur du travail***, texte **ABDEL RASHID** (Atef), illustration ABDOU (Yehia) 2000, traduction : collectif, co-édition avec Safir (le Caire), impression quadri, format 170x245 mm, 16 pages, broché.	01,83
2-910941-37-x	***L'homme et le lion***, texte WASFI (Ehab), illustration AL-FARMAWI (Mamdouh), traduction : collectif, co-édition avec Safir (le Caire) 2000, impression quadri, format 170x245 mm, 16 pages, broché.	01,83
2-910941-38-8	***Zizou, l'oisillon aime la vérité***, texte MAHFOUZ (Naglaa), illustration ABDOU (Yehia), traduction : collectif, co-édition avec Safir (le Caire) 2000, impression quadri, format 170x245 mm, 16 pages, broché.	01,83

Le Saint Coran

	Saint Qour'ân. Traduction et annotation par	18,50

le savant **BOUREÏMA** (Abdou Daouda), co-édition avec Darussalam (Riyâdh) 2000, texte arabe-français, format 170x240 mm, 871 pages, broché, reliure cartonnée.

Saint Qour'ân. Traduction et annotation par le savant BOUREÏMA (Abdou Daouda), co-édition avec Darussalam (Riyâdh) 1999, texte arabe-français, format 145x215 mm, 871 pages, broché, reliure cartonnée. 15,00

Saint Qour'ân Traduction et annotation par le savant **BOUREÏMA** (Abdou Daouda), co-édition avec Darussalam (Riyâdh) 1999, texte arabe-français, 120x170 mm, 1205 pages, broché, reliure cartonnée. épuis é

Saint Qour'ân. Traduction et annotation par le savant BOUREÏMA (Abdou Daouda), co-édition avec Darussalam (Riyâdh) 1999, texte arabe-français, format 85x120 mm, 1205 pages, broché. 08,00

Saint Qour'ân. Traduction et annotation par le savant BOUREÏMA (Abdou Daouda), co-édition avec Darussalam (Riyâdh) 1999, texte arabe-français, format pochette à glissière 85x120 mm, 1205 pages, broché. 08,50

2-910941-75-2 **Le Saint Qur'ān : Section ʿAmma**. Réalisation et transcription HADLA (Amer), texte phonétique-arabe-français, impression 2 couleurs, format 90x135 mm, 160 pages, broché, parution 2003.

2-910941-xx-x **Le Saint Qur'ān : Section ʿAmma selon Warš**. Réalisation et transcription HADLA (Amer), texte phonétique-arabe-français, impression 2 couleurs, format 90x135 mm, x pages, broché, parution 2003.

2-910941-77-9 **Le Saint Qur'ān : Section Tabāraka**. Réalisation et transcription HADLA (Amer), texte, phonétique-arabe-français, impression 2 couleurs, format 90x135 mm, 160 pages, broché, parution 2003.

2-910941-79-5 **Le Saint Qur'ān : Sourates : La Caverne et Yāsīn**. Réalisation et transcription HADLA (Amer), texte phonétique-arabe-français, impression 2 couleurs, format 90x135 mm, 128 pages, broché, parution 2003.

Collection : La vie du Prophète bien-aimé

2-910941-60-4 ***① La vie du Prophète bien-aimé Mohammed (ﷺ) et la naissance de l'Islam (assira annabaouiya)***, traduction ALMAGHREBI (Mohamed) : – ʿAbd al Muttalib et l'eau de Zem-Zem ; – La naissance du Prophète (ﷺ) ; – La tutelle de Mohammed (ﷺ) ; – Le digne de confiance. Édition 2003, impression 2 couleurs, format 210x297 mm, 48 pages, broché. 04,00

2-910941-60-4 ***② La vie du Prophète bien-aimé Mohammed (ﷺ) et la naissance de l'Islam (assira annabaouiya)***, traduction ALMAGHREBI (Mohamed) : – La révélation ; – La prédication ; – L'écho de la prédication ; – Persécutions. Édition 2003, impression 2 couleurs, format 210x297 mm, 48 pages, broché. 04,00

2-910941-60-4 ***③ La vie du Prophète bien-aimé Mohammed (ﷺ) et la naissance de l'Islam (assira annabaouiya)***, traduction ALMAGHREBI (Mohamed) : – L'émigration en Abyssinie ; – Le blocus et l'année de la tristesse ; – La visite de Taef ; – L'Hégire. Édition 2003, impression 2 couleurs, format 210x297 mm, 48 pages, broché. 04,00

2-910941-60-4 ***④ La vie du Prophète bien-aimé Mohammed (ﷺ) et la naissance de l'Islam (assira annabaouiya)***, traduction ALMAGHREBI (Mohamed) : – La nouvelle société médinoise ; – Les batailles du Prophète ; – La 04,00 prise de la Mecque. Édition 2003, impression 2 couleurs, format 210x297 mm, 48 pages, broché.

Ouvrages en langue arabe

2-910941-49-3	**AL-JĀRIM** (ʿAlī) et **AMĪN** (Muṣṭafā), ***an-Naḥū al-wāḍiḥ (La Grammaire claire)***, édition 2002, format 170x240 mm, 516 pages, broché, reliure cartonnée.	10,00
2-910941-22-1	**AL-ʿAWD** (Ṣāliḥ ʿAlī), ***Comment réciter le Coran***, édition 1998, impression 2 couleurs, format 114x183 mm, 72 pages, broché.	01,83
2-910941-xx-x	**ʿABD AL-JAWĀD** (Aḥmad), ***ad-Duʿā' al-mustajāb (Invocation exaucée)***, édition 1998, impression 2 couleurs, format 114x183 mm, 186 pages, broché.	01,80

Vidéocassettes

3554931100072	**Le Pèlerinage béni : la Maison peuplée**. V. française, production HIGH FILM (Égypte), scénario et réalisation AZZEDDINE (Ibrâhîm), traduction BELAMINE (Badr), sous contrôle d'AL-AZHAR, durée 74 mn, édition 2000.	12,00
3554931100041	**Le Pèlerinage béni : la Maison peuplée (*al-Bayt al-maʿmūr*)**. V. arabe, production HIGH FILM (Égypte), scénario et réalisation AZZEDDINE (Ibrâhîm), sous contrôle d'AL-AZHAR, durée 74 mn, édition 2000.	12,00
3554931100010	**L'arabe en vidéo 1**. Réalisation par le professeur **AYADI** (A.), dessins STUDIO DARI, durée 57 mn, édition 2002.	12,00
3554931100027	**L'arabe en vidéo 2**. Réalisation par le professeur **AYADI** (A.), dessins STUDIO DARI, durée 57 mn, édition 2003.	12,00
3554931100072	**La Prière de *tarawih* (nuit de la destinée)**. Par les savants SOUDIS et CHERIM, durée 98 mn, édition 2001.	12,00
3554931100058	**La Prière, pilier de l'Islam**. V. française,	12,00

production HIGH FILM (Égypte) et MONDIALIRE (France), scénario et réalisation AZZEDDINE (Ibrâhîm), traduction BELAMINE (Badr), sous contrôle d'AL-AZHAR, durée 72 mn, édition 1997.

3554931100065 **La Prière, pilier de l'Islam**. V. arabe, production HIGH FILM (Égypte) et MONDIALIRE (France), scénario et réalisation AZZEDDINE (Ibrâhîm), traduction BELAMINE (Badr), sous contrôle d'AL-AZHAR, durée 72 mn, édition 1997. 12,00

Al-jarrah : ḥikāyyatun mina š-šarq, film de dessins animés pour enfants, produit par STAR ANIMATION (Damas), v. arabe, édition 2000. 12,00

La jarre : un conte d'Orient, film de dessins animés pour enfants, produit par STAR ANIMATION (Damas), v. française, édition 2000. 12,00

Imprimerie : GRAFO – Espagne
Tél : 00 34 690 067 565
N° d'éditeur : 2-910941
Achevé d'imprimer : Mars 2004
Dépôt légal 1re édition : Mars 2004

Réalisation :
LETTRE D'OR
TYPOGRAPHIE-RÉÉDITION-TRADUCTION-MULTILINGUE
59, rue du Général Leclerc – 94270 Le Kremlin-Bicêtre [Paris – Porte d'Italie]